KB120607

마정리 집

시작시인선 0432 마정리 집

1판 1쇄 펴낸날 2022년 8월 1일
지은이 김완하
펴낸이 이재무
기획위원 김춘식, 유성호, 이형권, 임지연, 홍용희
책임편집 박찬세
편집디자인 민성돈
펴낸곳 (주)천년의시작
등록번호 제301−2012−033호
등록일자 2006년 1월 10일
주소 (03132) 서울시 종로구 삼일대로32길 36 운현신화타워 502호
전화 02−723−8668
팩스 02−723−8630
블로그 blog.naver.com/poemsijak
이메일 poemsijak@hanmail.net

ⓒ 김완하, 2022, printed in Seoul, Korea

ISBN 978−89−6021−645−7 04810
　　　 978−89−6021−069−1 04810(세트)

값 10,000원

마정리 집

김완하

천년의 시작

첫 시집 낸 지 30년 만에 일곱 번째 시집을 낸다

그래 여기까지

걸어온 길은 길이 아니다

한 줌 불빛으로

지상의 길을 비우고

다시 길이다

한 줌의 어둠이

지상의 길을 쓸고 있다

2022년 8월
김완하

차 례

시인의 말

제1부

제1부

낯선 초록 속에서

유등천 물가 버드나무와 촐랑대는 냇물은 내게 옆자리를 내주지 않는다. 성큼 내려딛는 여름 햇살도 아는 체하지 않는다. 질경이, 쑥, 강아지풀, 씀바귀 옆에 뽕나무 사이 새들 찌릿찌릿 찌릭찌릭 저희끼리만 화답한다.

가까이 흰나비 한 마리 날았다. 나무, 풀, 꽃, 새, 물이 한통속으로 어울려 짙은 초록을 펼친다.

풀들의 눈빛. 푸른 창을 벼려 내 눈을 찌른다. 산책 길도 찔레 덤불 속으로 묻히고, 나는 낯선 초록들에 쫓겨 허둥댄다.

하루

마음이 꽉 막히고
생각이 트이지 않는 날
태안 천리포수목원에 가서
지천의 나무와 꽃 이름 하나하나 불러 본다

큰잎꽝꽝나무
가죽잎덜꿩나무
왕매발톱나무
무늬줄사철나무
매화오리나무

구슬댕댕이
깽깽이풀
노루발톱
팔손이
물싸리
노루오줌

숲에는 온통 초록 물결 일렁이고,
바다 심장에 닿아 뼈 속 깊이 젖어 온다

개안開眼

나무들이 먼저 내게 말한다 가지마다 푸른 입술 열어서

소나무가 바늘을 세운다 물박달나무도 서둘러 수피樹皮를 벗는다 저 바위가 앞서 내게 운을 뗀다

새들이 저토록 애절하게 목을 틔우는 이유, 그 까닭은

말이 닿지 않는 우리 나무 하나 심자 못다 한 말 눈망울로 틔우자

기도의 형상

　무색, 무취, 무미, 무표정이 부리는 마력. 포근한 음성으로 부르던 어머니의 찬송가. 잠든 흙을 톡, 톡, 톡 일깨우는 손. 상처 난 대지 두드리는 손바닥. 감싸 안고 늦잠 자는 아이 안아 일으키는 엄마가 등을 두드리고. 대지는 비로소 물의 혼을 빌려 온몸을 대청소하고 푸른 새 옷으로 갈아입고. 이제 막 동구 밖을 빠져나가는 아이들 새싹 예닐곱. 그들 따라 도랑물 소리도 조잘조잘대며 이어 가고. 도랑가에 서 있는 미루나무도 서서히 자리를 옮기고. 미루나무 아이들 조잘대는 소리 들으려 파릇파릇 귀를 밀어 올리고. 도랑물 소리 들으려 귀에 두 손을 가져다 모으고.

그 자리

어머니 가신 가을
감나무는 낙엽을
떨구다가

마지막 한 잎은
더 곱게 물들여
남겨 두었다

까치밥 아래
뒷산으로 난 길
가장 깊은 뿌리 위로
내려놓았다

다음 해 봄
그 잎이 닿은 뿌리
제일 가까운 곳에서

맨 먼저 새잎이
눈을 뜨고 일어나
어머니 소식을 가져왔다

비대면의 봄

산 너머에 꽃은 피었을까
포구에 물은 들어왔을까

산 위에 올라 내려다본다
포구에 풀빛은 닿았는지
지난겨울 묶여 있던 배는
떠나갔는지

꽃 지고 난 뒤
나무에 매실 몇 개 굵어지면
내가 다녀간 줄 아세요
그대에게 편지를 쓴다

그대가 날 생각하니
산 너머에 살구꽃 피겠지요
건너 마을 진달래 붉겠고요

뒷담에 앵두꽃이 벌면
그대 내가 온 줄 알고
앞바다 포구에 밧줄을 푸세요

>
나를 사랑하면
그대 멀리 더 멀리

4월

여름내 쏟아붓던 장대비

온몸으로 다 받아 내고서

구석 옷걸이에

구겨진 아버지 초록색 점퍼를 보았다

한겨울 추위에 떨더니

어느새 빗방울 하나둘 떨어져

대지를 두드리자

창백한 어둠 박차고 달려 나간다

구겨진 점퍼는 어깨를 한껏 펼치고

식구들의 젖은 등을 깊이 감싼다

>
마른 가슴 더 크게 쓸어안는다

우리 남매는 초록빛 보리 이랑 달려간다

이치

　꽃이 피고 지는 그 하나도 나사가 조여지고 풀리는 그런 작용과 이치. 지구 반대편에서 나비 하나 작고 여린 날개 들썩일 때 그것은 반대편으로 폭풍이 되어 밀려오는 것. 이른 아침에 피어나는 여린 새싹 한 자락도 실은 해를 돌리고 우주로 나아가는 문턱을 넘는 것. 그러니 꽃잎이 열리는 순간은 참으로 곡진한 생의 몸부림이다.

　그 안의 이치는 참으로 고요하고 오묘해서. 세상의 모든 생명은 폭풍의 침묵 속에서 싹튼다. 그것은 생명이 간직한 모진 역설이다. 그걸, 일찍 깨어난 새싹이 가늘고 여린 손을 내밀어 가까스로 밀쳐 내는 것이다.

안내 방송

무궁화호를 타고 내다보는 봄
꽃잎 하나하나에 와 안기는
햇살들
바람의 느긋한 얼굴도 스쳐 간다

안내 말씀 드립니다 우리 열차는
KTX를 먼저 보내는 관계로
잠시 정차하겠습니다

철길 옆
목련 꽃잎이 열리는 시간이다

벚꽃도 덩달아
서행하고 있다

담쟁이

언젠가 캄캄한 밤에 별들이 내려와
담장 위로 무언가 들어 올린 적이 있다
바람도 잠시 숨을 멈추고 입구에 망을 보던 때,
그날 유난히 아랫마을에서는 개들이 짖어 댔다

그것은 담장을 타고 넘어온 게 틀림없다
대문은 굳게 닫혀 있고,
쪽문은 누가 열어 주었던 적이 없다
더욱이 담장 위로 깨어진 유리 조각이
빈틈없이 박혀 있었으니 말이다

어둠을 타고 넘어온 것이 틀림없다
방문은 굳게 닫혀 있고,
부엌의 뒷문도 열어 놓았던 적 없었다
더욱이 담장 곁 팽나무에는 철조망이
빈틈없이 둘러쳐져 있으니 말이다

얼음이 녹고 땅이 풀리자
담쟁이의 완력에 담장이 밀린다

불쑥불쑥 솟아올라

초록빛 화살을 쏘아 올린다

꽃 속

이 세상 모든 손길이 너에게 와 스밀 때 있다 네게 닿아 여린 빛 내미는 순간 그때 이 세상 모든 것들은 바로 너의 하늘이다 너로 하여 아침 이슬 속 더 깊은 바다가 트이고 너로 인해 별빛 창가에 다가와 차갑게 솟는다 모든 건 네 눈망울 속에서 더욱 깊다 모든 건 한때 언젠가 떠난다 네가 비운 자리가 빈자리로 가득 찰 때 비로소 이 세상은 문을 민다 눈을 닫아도 열리고 눈망울 잠글수록 더 깊게 풀리는 하늘로 네가 떠난 자리 오직 너로 차올라 이 세상 모든 것들은 다시 열린다 새롭게, 새롭게 피어난다

세종시 호수 공원

산책로를 따라서
벚나무 두 그루 걸어가다가
우뚝, 멈추어 선다
가지 위에 참새 두 마리 앉아 있다

이팝나무 두 그루는 꽃 사발을 터뜨렸다
가지 위에 까치 두 마리
머리 위로 감도는 구름을 물어
꽃 속으로 묻는다

아내와 내가 걸어가면
꽃에 취해 섰던
그림자 둘도 서둘러 따라온다

호수 공원에 오면
나무와 사람이 자리를 바꾼다
나무가 우리를 신기한 듯 쳐다본다

첫 길

이 세상의 첫 길은 물의 길이었을 것. 대지 위로 물이 걸어갈 때 흙의 가슴 위에 새겨진 발자국. 강으로 이어지는 물이 이 세상 최초의 길이었으리. 그 물 위로 뱃길이 놓이고 또 그 위로 하늘길이 열렸으리. 물은 이 땅에 처음 길을 연 어머니. 땅 위에 놓인 길에는 물의 길이 겹쳐 있는 것이다

강의 흐름은 구름이 물살 다독이며 이끈다. 강은 천천히 보이는 시간. 그러나 그침 없는 모든 생의 총체. 강가 사람들이 모여 이루는 화음. 거기에 귀를 대면 더 크게 열리는 물의 심장.

능소화 사랑

능소화 한 줄기 가시나무 타고 올랐네
가지마다 돋친 가시를 온몸으로
껴안고, 가파른 허공 위로
위로, 거침없이 뻗어 올랐네

분노한 시대의 빛으로 차고 올라
붉디붉은 꽃잎 활짝 펼쳤네
이윽고 잠든 세상 깨어났네

방방곡곡 꽃들의 함성 이어지고
잠긴 문이 활짝 열렸네
그 문을 박차고 세상 밖으로
꽃들이 달려 나왔네

3월에 새잎을 틔우더니
8월 보름에 그 꽃잎들 치렁치렁
어둠을 밀며 화려하게 떨쳐 일어서
새 세상을 꽃 무리로 감싸 안았네

* 어윤희 열사는 충북 충주 출신으로 독립선언서를 배포한 죄로 서대
  문형무소에서 1년 6개월 동안 수감 생활을 하였다. 그녀는 "내 몸은
  묶을지언정 내 마음은 묶을 수 없다"는 말과 함께 1919년 옥중 만세
  시위 투쟁을 주도하였다.

나팔꽃의 꿈

열심히 시를 쓰던 20대 후반 몇 년 동안 나는 나팔꽃 씨를 받아 매년 30명에게 20알씩 나누어 주었지. 그들도 다음 해에 씨앗을 받아 30명에게 20알씩 나누어 주라 했지. 몇 년 지나지 않아 한반도는 온통 나팔꽃으로 활짝 피어나리라는 기대감이 아침마다 치렁치렁 꽃 피어 창을 덮었다

그 나팔꽃들 어디까지 뻗어 갔을까

캘리포니아에 가서 보았다
2009년 여름 버클리대에 가서 1년간 월넛크릭에 세 들어 살며,
가족들과 세이프웨이에서 바나나와 빵과 우유 사 가지고 올 때, 길가 전신주를 맹렬하게 감으며 타고 오르던 나팔꽃.

희망 속에 씨를 묻는 것만큼 영원한 사랑은 없다

시의 마음

이 세상에서 누구의 것도 빼앗지 않고
누구에게 나의 것도 빼앗기지 않으면서
내가 많이 가질수록 내게도 좋고
세상 모든 사람들에게도 좋은 것

UC 버클리 새더 게이트* 앞에
둥그런 원을 새겨 써 놓았지

이 원 안의 땅과 공역空域은 누구의 관할권이 적용되지 않고,
그 누구에게든 언제나 열려 있다

그것을 보는 순간
너의 둥그런 얼굴이 떠올랐지

그건 많이 가질수록 좋고,
누구에게도 기쁨을 줄 수 있는 것

* 새더 게이트Sather Gate: UC 버클리의 정문. 그곳에는 1960년대 버클리를 뜨겁게 달구었던 자유언론운동(Free Speech Movement)을 기념해 원안에 문자를 새겨 놓았다.

숲으로 들다

조붓한 오솔길 비탈 올라가 하늘 본다 깊은 침묵과 고요로 힘껏 빨아올리는 공중 그 절대 높이에 어떤 미동도 흐트러짐 없이 완벽한 빛으로 고여 있다 훤칠한 미루나무 가지 한편에 구름 기대 있다 하늘의 새파란 빛은 내면 깊이 호흡을 끌어당긴다 좌우 둘러 비탈 주변 백양나무 자작나무 화살나무 어깨 맞대고 늠름히 서 있다 그들 두 팔 쭉쭉 뻗어 올려 짙어 가는 머리채 초록으로 물들고 있다 오월의 지상과 천상의 완벽한 숲 사이로 큰 문 밀고 들어선다.

꽃샘

이 지상의 산목숨 몇씩 거두어 갔다

아파트 입구에는 조등이 걸리고

꽃잎 다투어 피어났다

산에는 숲마다 불길이 번져

소나무 수천 그루씩 먹어 치웠다

제2부

마정리 집

엎드려 숙제를 하는 창가에 풍뎅이 한 마리 붕붕거렸다

호박 꽃잎마다 벌이 잉잉대며 날았다

담장에 매달린 조롱박에 고추잠자리 앉았다 떴다

길가 웅덩이에는 방개가 종종거렸다

둠벙에 잔잔히 이는 물살 주위를 구름이 에워쌌다

바람은 자주 강아지풀의 콧등을 훔치고 갔다

밤이 되면 목마른 별들이 쏟아져 내려와,

두레박으로 우물 길어 목을 축이고 올라갔다

등을 밝히면 담장의 나무들이 다가와 둘러앉았다

새벽까지 풀벌레들 책을 읽으며 꿈을 키웠다

우리 집은 언제나 빛으로 가득 차 있었다

풍경

오후의 나른함이 낯선 바람을 안고 갔다

길을 걷어 잠시 길 밖으로 걸어 두면

상가에서 솟아나는 마음의 풍경 한 자락

불면의 눈동자 생각하며 어둠이 온다

길가에 이팝나무는 서로의 옷깃을 여미어 준다

나무들 어깨마다 가득히 지고 선 별

어둠 실로 짜 올린 밤의 천 위에다 꽃수를 놓았다

골목길 어둠도 꽃의 시력視力으로 견디어 내면

흐릿한 음영으로 떠오르는 실루엣

별빛 수북수북 다발로 무리 지어 피어났다

매미처럼

내가 나를 벗는다는 것은 이다지 어려운 일

어제의 나를 벗어 버리고 내가 새로운 나로

오늘 아침 이슬을 맞고 태어나는 일

애써 지은 한 벌의 옷 찢어 버리고

누더기 속에서 맨몸으로 나를 꺼내는 일

숲속 나무 그늘로 몸을 두르고

온몸 온 힘으로 나를 운다는 그 일

그늘 속의 그늘

내가 다섯 살 즈음 봄날 시오 리 이웃 마을로 마실을 갔다 누나 등에 업혀 마을 벗어날 때 내가 사정없이 울었다 누나는 잠시 꾀를 내어 나에게 마을을 보이며 뒷걸음으로 천천히 걸었다 처음 몇 걸음 괜찮더니 이내 누나 옆구리 발로 걷어차며 몸부림쳤다 그 울음으로 들녘의 새들이 다 날아갔다 힘겹게 누나 친구 집에 도착하고, ㄱ자 초가집 마루에 앉아 놀았다 마루에 쏟아지던 햇살이 아직 기억 속에 환히 고여 있다 누나 친구네 과수원에서 훔쳤다는 복숭아, 아직 덜 익어 떫은 것을 먹었다 돌아올 때 몇 개 얻어 와 길가 가로수 아래서 형과 작은 누나에게 주었다 그때 형과 누나는 냇가에서 놀다 온다며 맨발의 이마에 땀이 송글송글 맺혔다. 아직 그늘 찾을 만큼 더운 날씨 아니었지만 미루나무 잎은 유난히 반짝이며 그늘 쏟아 놓았다 갑자기 신작로 지나는 트럭이 먼지를 퍼부었다 우리는 두 손으로 입과 코 가리고 한참 동안 먼지에 갇혔다. 그때 미루나무는 무슨 생각을 했는지 제 그늘을 풀어 우리 사 남매 꼭 끌어안았다. 먼지가 다 사라지도록 미루나무도 우리와 함께 먼지 속을 견디고 있었다

나무 집

누군가 나무에게 인격을 느끼면 그는 필시 경지에 오른 것. 분명히 자연의 심오한 영역에 닿은 것. 그는 나무가 숨 쉬는 하늘을 크게 끌어안고. 나무가 마시는 바다의 흐름을 깊이 간직할 수 있으니. 그 마음 곧 우주의 하늘에 가 닿은 것. 우리들 창가에 늘 한 그루 나무가 서 있어 한없이 밝은 삶을 견딘다. 둔한 우리 그를 보지 못하고 일생을 지운다. 그것을 찾으려 우리들 마음 닦고 눈을 씻으며 들떠 있다. 어느 저녁 우리 생의 서늘한 시간이 다가와 안길 때. 갈참 나무 잎 하나 지상으로 내려와 마음자리 쓸어안는다. 그때 가장 빛나는 나무의 어깨. 그 어깨에 기대 자신의 이마를 묻어 본 이는 알 것이다. 이 세상 나무들은 제 중심에 세운 집, 응집하는 원이다.

샛노란 빛

작고 노오란 오이꽃을 본 적 있다. 초여름 아침 들길 걸어갈 때. 이웃집 텃밭에 오이순이 나뭇가지 타고 기어올라 신선한 공기 속으로 여러 개 꽃망울 틔웠다. 며칠 지나 가 보니 그 꽃 떨어지고. 꽃 진 자리 매우 아프겠다 싶어 다가서니. 아, 작고 희미한 흔적 아래 쪼그려 앉아 아주 작은 별이 자라고 있었다.

나는 꽃이 진 상처 속으로 트인 오솔길을 보고야 만 것이다. 자세히 살피니 그 옆으로 다섯 형제 나란히 사이를 두고 누워 있다. 순간 오이 나무는 너무도 당당히 우쭐대며 한 채의 수월한 집이 되어 이슬을 달고 출렁였다. 아침마다 여린 초록으로 새로운 세상을 밀고 올라오는 그 발그레한 미소. 주변은 온통 샛노란 빛을 쏟아 내며 부풀어 오르는 생의 둥지를 간직하고 있었다.

통영에 사는 친구

통영 앞바다 홀로 지키며 밤새 빛을 심는 이 있어. 밤 새워 어둠을 일구면 바닷속 모든 생명체도 그와 함께 혼연일체가 되는 법. 그는 밤바다의 하늘에 별을 호명하고, 새벽녘 동터 오는 파도 소리 크게 호령한다. 그때 바다는 잠잠한 숙면의 고요를 딛고 힘찬 물굽이로 살아나곤 한다. 그에게 바다는 길이요 생명이요 곧 살아 있는 실체다. 그러니 그가 쓰는 문장은 바다를 잉크 삼아 써내는 살아 있는 경전. 그는 바다 위 길을 따라 고래와 도반이 되어 심해까지 갔을 것. 우리 모두 삶의 길 찾아 나선 길 위의 발자국 아닌가. 어제는 바다를 담아 바람 소리 파도 소리 풀풀 나는 횟감 냄새 보내왔는데. 돌아보니 그의 바다 어디도 길이고 어디에도 길은 없다. 그는 길과 더불어 별의 길을 묻는데. 온종일 헤매면 사라졌던 길들 모두 빛이 되어 솟구치는 것이다.

물소리

이 세상 빛나는 것들은 다
어둠의 철벽 속을 뚫고 가는 몸부림
어둠을 삼키고 나온 상처가 있다

어둠 속 시궁창에도 물줄기
맑고 고운 소리로 깨어난다

어둠이 세상 만물의 얼굴 지우자
물은 그 속으로 투신하여
자신의 바닥을 치고 살아난다

하늘의 별빛에 닿으려
지성으로, 지성으로 배를 깔고 간다

빛을 지우면 소리로 살아나고
소리를 비우면 고요로 솟아나고

소싸움

백골과 태검*이 머리를 맞대고
백두대간을 힘차게 들어 올린다
상대를 겨눈 크고 날카로운 뿔
구경꾼들도 움찔한다

뿔이 뿔의 각을 비켜선다
뿔을 걸어 밀치기 시도하는 백골
들치기 메치기 어깨걸이로 방어하는 태검
네 살 난 토종의 패기와 근성이 맞붙었다
숨 가쁜 백골의 뱃구레이 요동치며
태검을 힘껏 밀어붙였다

식지 않는 열기,
빈 모래판 뜨거운 어둠 속에 뒤엉켜
밤새 치받으며 싸우고 있다
밤도 뒷걸음질 치다 고개 돌리며 달아난다

* '백골, 태검'은 싸움소의 이름.

감자꽃

어머니가 돌아오시자 집은 우련 빛으로 차올랐다 방마다
어둠 밀어내며 호롱불 빛 고이기 시작했다 내 건너 밭에 감
자꽃이 활짝 피었다고 감자알 굵어지는 소리 밭고랑을 두더
지처럼 돌아다닌다며 어머니가 웃으셨다

어머니 따라 내를 건널 때 걷어 올린 종아리 간질이는 물
소리가 마정리 여름을 환하게 펼쳐 놓았다 동구 밖에 서면
둑길로 소를 몰고 오는 아버지의 지게 가득 출렁이는 풀 무
덤 위로 강아지풀이 나풀대고 있었다

아버지가 작대기 두드려 부르는 노랫소리 지겟다리에 감
기고 어두워지는 들녘에서 숨차게 달려온 길이 마을 탱자나
무 사이로 몸을 구부린다 논둑으로 작은 봉우리 하나 따라
오다 가시에 찔려 나동그라졌다

우리 집은 저녁 속 둥그런 주머니 안에 손을 넣으면 모
든 것이 다 들어 있었다 아버지 어머니 누나와 형, 나는 바
지 양쪽 주머니 속에 든 구슬을 두 줌 가득 그러모아 쥐었다

어두운 날에는

어두운 날 그대 금강에 나가 본 적 있는지요. 강가 미루나무에 기대 가지 사이로 별빛 올려다본 적 있는지요. 그러다 강가를 서성이며 새벽을 맞이한 적은 있었는지요. 새벽안개 헤치며 마을로 돌아올 때. 그때도 금강은 너무 평온한 모습으로 깊은 잠에 빠져 흐르고 있었지요. 금강은 어머니 손길로 우리들 가슴 쓰다듬고 흘러갔지요. 그 온기로 세상은 다시 새롭게 깨어났어요. 밤 되면 금강이 그대를 기다린다는 걸 알아야 해요. 어둠 속으로 발걸음 소리 다가올 때 금강은 반가운 마음에 달떠 가슴속에 낮은 징 소리 내지요. 서툰 잠의 멧새 날개 다스리고 물오리들 목 따뜻하게 감싸 주면서. 금강은 그대 발소리에 더 깊이 깨어 흐른다는 걸 알아야 해요. 금강은 강가를 서성이는 그대 발소리로 자장가 삼지요. 금강에는 그대 불면의 순간들이 빛으로 반짝이고 있어요.

소금이 온다

뻐꾹새 소리에 귀가 머는 봄

마을 사람들은 매일 바다로 나가

소금꽃이 피기를 기다렸다

흰 파도의 눈부신 포말이

천수만 갯벌을 따라 젖어 오고

바람은 파도를 일구어 고랑을 냈다

소금이 오기를 기다리며

깊은 해안의 벼랑을 따라 걷다

낮달을 안고 돌아온 날은

당산 마루 숲에 송홧가루 번진다

>
마을 사람들이 찍고 간 발자국마다

흰 별이 가득히 쏟아졌다

금강의 꿈

뜬봉샘 첫새벽이 벅찬 꿈으로 솟았다
봉황의 나래짓이 감싸 안은 신무산 안개
비봉천 물소리 강태동골 따라 내를 이루었다
무주 금산 옥천 영동 보은 대전 세종 공주 부여 강경을
휘감고,
큰 꿈 하나 지치지 않고 달려 서해로 가 닿았다

찰진 꿈의 눈망울이 금강 천 리라 했다
민족의 정맥 보듬으며 마을마다 품고 달리니
금강은 강의 허리로 중심을 관통하고
짙은 어둠 일거에 밀치며 내달린다
우리도 새벽 이끄는 힘찬 말발굽 차며 달렸다

큰 위용과 호흡 속에 작은 풀꽃의 심성을 기르고
새벽 맑은 이슬 속 멧새의 노랫소리 키웠다
강 깊은 마을마다 푸른 깃발 힘차게 나부끼니
금강 청년의 눈빛으로 새벽을 열고,
금강 맑은 웃음으로 힘찬 새 길 이어 왔다

금강이 흘러 수많은 금강을 낳으니

이 세상에 금강 닮은 사람 있다는 기쁨으로
금강은 덩실덩실 어깨춤 추며 오대양으로 뻗는다
당당한 기운으로 육대주 빗장을 열고
더 큰 세계의 아침을 펼쳐 간다

샌안토니오의 심 시인

미국 중남부 텍사스에서 세 번째 큰 도시 샌안토니오. 공항에 심 시인이 마중을 나왔다. 군사도시로 병원이 많고 기후가 안온해 시니어들이 살기에 좋은 곳이라고,

심 시인은 1980년 5월 광주에서 기자로 취재한 내용이 허위사실유포죄로 군사 법정에서 3년 형 언도받고, 10개월 실형을 살다 특사로 풀려나 UT 오스틴으로 유학을 왔다 시간이 지나 기자로 복직할 시점에 자녀가 대학에 입학해 등록금만 빨리 벌자고 개업한 식당이 주체할 수 없이 잘되어 경제활동에 전력하게 되었다 네 개로 불어난 뷔페식당이 성황을 이룰 때는 200명 직원을 관리하는 데 온 정신을 빼앗겼다 멕시칸들은 자주 결근을 하고 종적을 감추어 그들 찾아다니기에 정신이 없었다고 했다

60대 중반에 식당을 정리하고 이곳으로 와 큰 프리 마켓을 구입해 그 임대료로 생활하려던 차에 '아마존'으로 위기를 맞이했다고 한다 그것을 매각하려 내놓아도 너무 커 잘 팔리지 않는다고 허허허, 지나온 생을 돌아보는 그의 눈에 서늘한 그늘이 밀려왔다 이제 30년 허송세월 돌이킬 수 없어 안타깝다며 꼭 한국 4대 혁명사를 써서 후손들에게 전

하겠다는 포부로 늦게야 시인으로 등단해 기념식을 열었
다 한인들 60명이 모인 자리에서 그의 지난 시간이 파도처
럼 펼쳐졌다

　　여러분, 이 자리는 꼭 독립운동하는 곳 같습니다 미주의
문학이 이곳에서 새롭게 피어날 듯하네요 여러분을 성원하
고 돕기 위해 1년에 한 번씩 이곳에 오겠습니다 나의 말은
한인들의 큰 박수를 받았다 LA로 가는 유나이티드 기내에
서, 나도 올해는 꼭 좋은 시를 써야겠다고 메모지를 꺼내 몇
자 적으며 창밖을 내다보았다

귀국 전날

아침에 방 시인이 공항 근처 라마다호텔로 찾아왔다

김 교수님 LA의 천 개 얼굴을 보러 가지요

그는 차의 내비게이션 끄고 아무 길이나 따라 달린다

저는 LA에서 유학하고 30년 살았지만 날마다 이곳은 새
로운 모습입니다

차가 달리는 도로 앞으로 수많은 길들이 달려들었다

미국에 와서 보름 지나니 왜 이리 마음 편한가 생각하니

한국 뉴스를 보지 않아서 그런 것 같습니다

그렇지요, 이곳 사람들은 그다지 많은 뉴스를 접하지 않
는 것 같아요

절벽을 감아 도는 해안 도로 타고 태평양을 바라보았다

평온한 바다지만 오늘은 파도가 높은 편입니다

비탈진 해안으로 접어드니 윈드서핑 즐기는 사내 서넛

수영복 알몸으로 파도를 가르는 모습이 오똑했다

저도 젊은 날은 저런 것을 한번 해 보고 싶었습니다

김 교수님 멋지지 않습니까, 잠시 나란히 걷던 길 멈추어

태평양이 감아올리는 파도 위로 사내들의 노련한 몸짓
을 살폈다

그래요, 거대한 바다의 움직임도 저 사내 몇이
더 역동적으로 살려 내니 한 폭의 감동으로 다가오네요

해안가로 외국인들이 웃통을 내놓고 달리고 있었다
도로를 따라 비탈로 오르니 그곳에 서 있는 등대
출입문 굳게 닫혀 인적 없이 고요하기만 했다
그 앞에서 사진 몇 장을 찍고 지긋이 내려다보는 태평양
멀리 보일 듯 말 듯 날고 있는 새들이 파도 위로
날개 휘저으며 새해의 소망을 온몸으로 새기고 있었다

별에 찍힌 바코드

　　캘리포니아 햇빛은 강렬했다 아침 태양을 향해 차를 몰면 너무 강한 햇살에 눈을 뜰 수 없었다 가족이 세 들어 살던 월넛크릭 파크 레이크 부근 이그나시오 플라자에서 심하게 까만 선글라스를 샀다 이 층 아파트 삼면 창으로 들이치는 햇빛에 금빛 칼날 창마다 두꺼운 블라인드를 급히 내렸다 낮엔 방으로 드는 빛 차단하려 블라인드 날과 싸웠다 밤하늘에 뜨는 별은 눈부셨다 캘리포니아 별에는 바코드가 찍혀 있었다 해 없는 날도 블라인드 각에 방 안의 밝기는 달랐다 미세한 힘에도 빠르게 미끄러져 내리는 빛의 화살, 블라인드의 각을 세우면 방 안은 동굴처럼 어두웠다 흐린 날 방으로 빛을 들이려 블라인드 칼을 고를 때, 느닷없이 구석까지 환한 순간이 왔다 각을 잡으려는 찰나에도 빛은 여지없이 날을 세웠다

수묵화

천변에 지난여름이 물웅덩이 하나를 깊게 파 놓고 갔다

시간의 가파른 흔적에 누워 꺾인 갈대는 한껏 목을 축인다

어둠은 어둠으로 깊어지고, 상처는 상처로만 감쌀 수 있
는 것

깡마른 오리나무도 그림자 드리워 물소리를 낚아 올리
고 있다

무지개

사내의 손목을 뿌리치고 간 여자

흐느끼며 바라보는 하늘에 열리는 천 개의 문

한번 울기 시작한 눈동자 끝내 닫히지 않고

돌아선 이들의 가슴마다 새겨지는 비문碑文

제3부

수수꽃

수수꽃이 피면 나는

밭으로 달려갔다

하늘로 가신 어머니

한 줌씩 꽃대를 들어 올린 수수들

꽃 목 위에는 초승달이 걸려 있었다

수숫잎에는 핏빛이 스쳐 있었다

어머니를 닮은 수수꽃

때가 되면 수수 뿌리에서

간절히 붉은빛을 밀며 올라왔다

가을 속으로 1

나는 다만 머리 위에 머무는 구름의 무게로 세상을 보아 왔다.

사랑하다 시들 때.

길옆의 풀잎이 내 시린 발목을 덮어 주었다.

가을은 다가와 어깨에 슬며시 길 하나 올려놓고 사라진다.

그대와 내가 끝까지 함께 지고 갈 가을 속으로.

어머니의 울음

샛강으로 무심히 발길 닿던 때 있었다. 흐르는 강이 자꾸 나를 잡아당기는 힘에 끌려 어느새 당도해 있던 강. 나는 이내 거친 두 발로 강에 들어 자꾸 일렁이며 물 위로 다가오는 어머니 얼굴 보았다. 미루나무도 물속으로 서서히 실뿌리 내려 발목에 감기던 추억. 흐르는 강을 따라 잠시도 멈추지 않는 저녁. 석양 마을에 아이들 뛰는 소리 어깨에 와 앉는 때. 하루가 까무룩 기울던 저녁. 그때 나는 강이 슬픔을 안고 깊어지며 홀로 흐르는 걸 보았다.

그것은 내가 비롯한 어머니에게 거슬러 오르는 길. 한밤에도 쉬지 않고 나를 감싸 안는 강. 그 안개의 긴 터널 안쪽에서 컹, 컹 짖으며 몸을 훑고 가는 강물. 날이 저물면 멀리서 다가오는 얼굴. 슬픔은 달빛처럼 강에 풀리고 강물은 달을 재우고 있었다.

가을 속으로 2

목숨처럼 시와 사랑에 붙들린 사내. 봄날 담장 곁에 나무 한 그루 심어 두고 지성으로 제 사랑의 소원 빌던 사내 있었다. 그 산맥 같은 가슴 안에 언제나 시를 삼던 사내. 사내는 아침저녁 나무에 물을 주며 지성으로 빌고 빌어, 그때마다 먼 산 뻐꾸기 소리 달려와 안기곤 했다. 사내의 사랑이 전해져 꽃 피면 그때 사내 가슴엔 붉은 시가 솟으리라 했다.

그 나무가 사내 키 훌쩍 넘어 담장 위로 목을 뺄 즈음, 사내는 담장 밖 오가는 긴 머리 처녀에게 마음 빼앗겼다. 어느 눈매 깊은 한 처녀 가슴에 새겨 두고 끓이며 애태웠다. 치렁치렁 긴 머리칼에 확, 확 가슴 뜨거웠다. 나무는 사내 마음 먼저 알고 더 몸이 달아 무진장, 무진장으로 꽃 피워 열매 붉어도, 처녀는 사내에게 눈길 한 번 주지 않았다. 마침내 그 열매의 선홍빛 가슴은 터져 붉은 핏물로 번져 갔거니. 그대 석류. 가슴 한쪽 허공으로 갈라내 핏물 뚝, 뚝 듣는 속살 펼친다. 어느새 사내의 시는 쌓여 산을 이루고 그 위로 가을은 무너져 내린다.

* 이가림 「석류」贊.

64

가을

한결 팽팽해진 허공을 본다.

한 달에 몇 번 무창포 바다가 제 가슴속을 열어 보여 준다.
나도 바다에게 내 속을 보여 주고 싶다.

가을은 순수한 것, 정직한 것, 투명한 것. 그래서 더 외로
운 것이니.

바다는 비우는 것과 비워진 것 사이의 울림으로 가득하다.

몽상으로 견디기

꽃의 길목으로 달리던 그대
앞서가던 그대는 어디로 숨었나요
그대 점점 말랑말랑해져 가고
나는 점점 딱딱해지고 있네요

꽃을 보며 울던 내가
꽃을 보며 눈 돌리던 그대가
안개 속으로 달려가던 봄
풀잎에 뺨을 비비던 그대는
어디로 갔나요

나는 여기 강가에 나와 홀로
앉아 있고, 그대는 저기
봄 속으로 닫혀 있나요

어둠은 꽃잎 속에 묻어 두고
희망의 색을 바꾸세요
사랑은 뒤집어쓰세요
슬픔을 꺼내 말리고

눈빛은 문장으로 날리세요
꽃과 길 더 멀리하세요

들

　추석날 고향 다녀오며 들판 가득한 벼를 보았다. 지난여름 퍼 올렸던 열정 서서히 비우며. 여름날 폭우와 땡볕 내려놓고 철이 드는 침묵을 눈여겨보고 왔다. 그곳에서 잠시 나도 무겁게 철드는 기분이었다. 그것은 벼들이었다. 그 복수複數의 미학. 자기를 비워서 더 큰 우리가 되는 힘. 들녘은 어깨를 두른 채로 넘실대고 있었다. 그 넉넉함을 배경으로 원경의 산도 거기 와 함께 빛나고 있었다. 산의 높이가 비로소 들의 넓이와 만나 깊어지는 정취. 들녘의 넓이와 깊이가 어울려 높게 익어 가고 있었다.

하늘 우물

가을도 자못 깊었다. 산골짜기 연못에 구름이 깊듯. 가을이 다가올 겨울 숲의 첨예한 순간을 예감하는 때. 풀과 나무와 숲은 몸을 움츠리고 제 마음속 사업에 골똘한 때. 풀벌레는 소리 속으로 떠나며 발자국을 지운다. 화려한 색으로 물든 숲과 갈대는 마른 생의 정점을 극명히 보여 주는 것. 자연은 한 단계 도약을 위해 조락과 소멸 넘어 무한히 새로운 장을 겪는다. 갈참나무는 순간의 한계를 넘으려 빛을 긷는다. 가장 깊은 곳에서 퍼 올린 빛. 그건 제일 먼 거리 어둠 위로 솟아올라 별이 되었다.

지게

헛간에 널브러져 있던 지게는 어디로 갔나. 아버지가 지고 다니던 그 지게 헛간도 사라졌다. 산 하나를 다 파 날랐던 아버지의 지게가 아닌. 너른 들 갈아엎고 저문 들녘 쿵쿵 울리며 돌아오던 지게 아닌가. 그건 비유를 넘어 아버지의 몸통이다. 그분을 어디에 내다 버린 것인가. 평생 목숨으로 괴어 놓은 아버지 지게가 사라져 버렸다

벼랑의 꿈

벼랑을 타고 넘어 기어오르지 않는 꿈 어디 있을까. 가파른 바지랑대에 기대어. 허공의 급소를 말아 쥐고서. 공중으로 쏘아 올리는 화살처럼. 폭포처럼 타오르고 싶다. 그건 너와 내가 다툼하기 위한 것이 아니다. 두레박 꿈을 길어 너와 나의 내면에 더 깊은 저수지를 채우기 위해서. 꽃은 어둠 밭에 뿌리 묻고 질러와 그 어둠 깨지는 순간 시들기 시작하는 것. 이 세상 꽃들은 다 절벽을 향해 투신하여 태어난 목숨. 별빛 넘어 밤의 숨결 빨아들이며 꽃잎의 때깔 곱게 여민 뒤. 어둠을 깨우고 이내 목을 지우고 마는 꽃. 단 한 번 새벽을 열어젖히면 그만이지. 한낮 햇살에 추레한 내 어깨 드러내 보이지 않으려. 더 이상 세상 빛에는 미련 갖지 않으려고. 오늘 아침도 우리 창가에 수북 수북이 꽃잎 떨어지고. 나팔꽃 지친 어깨를 추스르며 서둘러 떠난다. 다시 허공 속으로 길을 후벼 판다.

열다섯 살

단풍 든 숲길을 따라 나직이 나뭇잎 세며 걸어갔네

나무들 한층 무거워진 어깨 벗어 놓고 지그시 나를 바라보고 있었네

길은 길대로 길다웠네

갈참나무도 갈참나무 색으로 더욱 곱고 가지에 매달린 매미 허물은 빠져나간 매미 체온을 떠올리듯 바람에 떨고 있었네

구름 올려다보니 한층 짙은 색 옷자락 곱게 짜여 있었네

바람의 눈짓에 귀를 열면 그 안에서 울리는 계곡물 소리 밟고 온 작은 조약돌 마음 쏟아 내고 있었네

대숲 울리며 떠난 풀벌레 날개에 와 닿던 별빛 무성한 잎 물들이고, 구름 쫓던 나무도 그늘 내려놓고 기운 어깨 곧 추세웠네

\>

문득, 나는 다가오는 저녁의 무거운 발걸음 소리를 알
아차렸네

바닥을 덮다

하루 종일 바닥을 쓸고 와

어둠에 발을 씻는다.

한참 동안 바닥을 들여다본다.

두 손으로 포근히 감싸 쥔 채,

발바닥에 깊이 머리 숙여 절한다.

발을 씻으면 실핏줄 사이로

세상의 길들이 와 닿는다.

어둠에 절였던 길도 환히 떠오르며

나의 바닥을 비춰 준다.

나는 바닥에 누워 바닥을 덮었다.

전주 향교 은행나무

시월 말 단풍잎 떨어져 내려도
향교 은행나무는 푸른빛으로
고풍스러운 담장 감싸며 늠름히 서 있다
하늘의 심장을 지르고 있었다

아래쪽 둥치 푹 파인 곳에
시멘트 잔뜩 채우고서도
든든한 버팀목으로
팽팽한 가을빛 들어올렸다

'수령 280년'
나무 앞에는
1982년 새겨 놓은 표지판

눈앞에서 40년이
훌쩍 뛰어올랐다
눈 깜짝할 사이에
은행나무는
320살이 되었다

석공

바위에 길을 새기려
그는 새벽마다 집을 떠났다
발자국에 마음을 비워 담았다

매일 바위를 파 들어가며
연장에 실려 오는 소리 들릴 때
그는 하늘을 향해서
온 마음 모아 기도했다

어둠을 열고 돌 속으로 들어가
돌이 깨지는 아픔에 갇혀도
그는 끝내 굳게 쥔 연장을
내려놓지 않았다

연장은 팔이 되고
그의 다리가 되었다
바위 결을 따라 시간이 흘러,
석상에 피가 돌고 눈을 뜨자
그는 돌 속으로 스며들었다

《마더》와 봉준호

2010년 캘리포니아 버클리대에서 연구년을 보낼 때
3월경 버클리대 뱅크르프트 웨이 따라 내려가 닿는 셰딕
사거리 영화관에 봉준호 감독의 영화 《마더》가 왔다

며칠 전 버클리대 동아시아도서관에서 봉준호 영화 《살
인의 추억》을 빌려 본 뒤였다
범인의 실체가 드러나지 않는 연쇄살인이 묘한 안개를
피웠다
살인 현장 위로 새카맣게 날던 까마귀 떼가 며칠 머릿속
을 떠나지 않았다

그즈음 버클리대 학생회관 앞 광장 벤치에 앉은 송강호
를 보았다
제28회 샌프란시스코 국제 아시안 아메리칸 영화제* 기
간이었다
영화제를 버클리대 영화관(PFA)**에서도 진행하는 게 인
상적이었다

《마더》를 보러 표를 구해 극장으로 들어가 더듬거려 앉
으니

방금 시작한 영화 자막이 영어로 흐르고 있었다

김혜자가 석양 배경으로 망연자실 갈대숲에서 북소리에 맞추어 춤을 추기 시작한다

바람에 일렁이는 갈대들이 일구는 파동이 심장으로 밀려 들었다

마더 김혜자가 아들 원빈의 살인을 타인에게 전가시키는 내용이 모성에 대한 의문과 묘한 여운의 꼬리를 물었다

영화의 감동은 파문을 일구며 시간을 따라 강한 마력으로 살아났다

미국에서 접한《마더》는 대단히 낯설고 신선한 충격이었다

영화가 끝나고 불이 들어와 보니 객석에는 미국인 백발 부부

부부인 듯 중년 멕시칸 남자와 중국 여자, 그리고 나 다 섯이었다

아직 홍보가 부족하고 봉 감독이 덜 알려진 이유라 다짐 했다

그래도《마더》의 감동은 사라지지 않고 여러 날 나와 동 행했다

>

2020년 2월 열린 LA 아카데미 시상식에서 봉준호의《기생충》은 작품상과 감독상, 각본상과 국제 극영화상을 휩쓸었다

내가 캘리포니아 버클리에서 그의 영화《마더》를 본 지 10년 만이었다

* 샌프란시스코 국제 아시안 아메리칸 영화제(San Francisco International Asian American Film Festival).

** PFA(퍼시픽 필름 어카이브, Pacific Film Archive) : 버클리대에 있는 영화관.

금문교

그대를 만나기 전에도 샌프란시스코는 언제나 그대 떠올리게 했어요. 나는 그대 만나 세 번이나 놀랐지요. 처음 숱하게 들었던 명성만큼 그대 다가오지 않아 놀랐구요. 다음엔 주변을 감싸는 안개로 그대 좀체 볼 수 없어 놀랐어요. 그래서 여러 번 더 찾아간 뒤에야 그대를 조금 느낄 수 있었는데, 더욱 놀라운 건 그대와 헤어지고 나서였어요

1년을 그곳에 살며 그대를 여러 번 만났어도 그대의 변덕스러운 마음으로 진정한 모습 보이지 않았지요. 그런데 돌아서면 주변의 배경은 사라지고 그대만 홀로 살아나는 것이었어요. 더욱 놀라운 건 그곳을 떠나와서였지요. 그대를 감싸던 대륙의 모든 풍경은 안개 속에 묻힌 채 그대만 우뚝 솟아 보름달처럼 휘영청 떠올랐어요

뒤돌아서야 보이는 게 있어요. 어두운 골목으로 그대 발자국 사라지고, 나 홀로 텅 빈 시간에 기대어 설 때. 홀연히 솟아오른 그대의 실루엣. 그렇게 지난 뒤에야 우리에게 밀려와 닿는 게 있지요. 눈앞에 핀 꽃잎 떨구고 봇물 밀려와 열리는 꽃의 문처럼.

숲의 시간

　둥치마다 치장하던 외피를 강렬히 불태우고 갈참나무 한 순간 자기 내면을 드러낸다. 나무들 밖으로 내밀던 잎을 넘어 안으로 눈뜨는 시간이다. 한 자루 촛불 그어 생의 둘레에 어둠을 밀어낸다. 나무는 오롯하게 존재의 심연으로 가라앉는다. 가을은 자신을 넘어 대상에 경외감으로 다가서는 순간. 나무는 그동안 스스로 생이 더 푸르기를 기도했다. 그동안 잎이 가려 온 푸름의 시간 속에 나무는 스스로 잊은 채 걸어왔다. 가을은 바닥을 향해 거듭나는 때. 문득 숲에서 나무들은 오던 길 멈추어 뒤를 돌아본다

암벽 앞에서

저것은 폭포였다 세상을 향해 소리치던,

어느 날 그 아래 한 사내 소리 찾아 떠난 뒤 폭포도 굳게
입을 닫았다

진정한 외침이란 저런 것, 바위는 그 소리 꽁꽁 묶어 천
년 후 새 세상을 꿈꾼다

이제 메마른 가슴 한구석 작은 새들 둥지를 틀고 지나는
바람도 순순히 어깨를 내어준다

귀 밝은 사람 하나 소리 속 빛으로 잠긴 뒤, 밭은 물소리
끊고 침묵으로 켜켜이 쌓여

저 힘은 어디서 오는가 큰 벼랑 틈 작은 새 한 마리가 꽃
문을 연다

암벽이 등을 대고 누운 백두대간.

제4부

기적

싸락눈 뚫고

매화 움을 들여다본다

구름도 속도를 늦추어 흐른다

꽃눈 하나

잎눈 하나로

설렘은

싸락눈처럼 홍매 위에 내려앉는다

바람이 매화 가지를 흔들고

벼락이 치고,

십 년 전의 그녀가 내게 왔다

천리포수목원

겨울 끝자락 천리포에 가서 보았지. 아직 찬바람에도 앞가슴 풀어 헤친 나무와 풀들 모두를. 바다는 한껏 열려 있었어.

나는 꽃가지 가까이 다가가 꽃 피어라, 크게 외쳤지. 곁가지마다 새로운 꽃잎들 힘차게 일어서고 있었어.

가까이 파도 소리 떼로 몰려와 있었지. 내 안에 잠든 숲을 일으켜 깨우고 있었어. 바람 맞선 소나무들 골격이 빛났지. 꽃잎마다 파도 소리 겹겹으로 살아났어.

그때 나는 보았지. 지상의 꽃들과 천상의 꽃들이 서로 자리를 바꾸어 앉는 것을.

다행

어느 사내 답답한 가슴 안고

대나무 숲으로 들어가

크게 울부짖으며 소리쳤다

바람 부는 날이면 그 소리 살아나

대숲을 휘감고 밖으로 번져 갔다

대나무도 믿지 못하고

바람 더욱 못 믿을 세상,

한 사내 공중을 향해 주먹 불끈 쥐고

한껏 크게 소리친다

하늘이 있어 얼마나 다행인가

블랙홀

현관에 널브러진 구두 두 짝

서로의 상처를 포개 놓았다

낯선 길로 몰려다니다 돌아와

꼬리를 접고 누운 고집들

길에 묶인 생은 저렇듯 가파르다

아침 일터로 갈 시간이면

다시 기어 나와 내가 가는 길 위로

몸을 낮추어 등을 펼쳐 준다

결코 제 길을 벗어나지 않지만

굴레 속에 틈이 보이지 않는 구멍

저녁 눈

가로수 허리를 치는 눈

그래 여기까지

걸어온 길은 길이 아니다

한 줌 불빛으로

지상의 길을 비우고

다시 길이다

한 줌의 어둠이

지상의 길을 쓸고 있다

순간
—파타고니아 빙원

빙원에 마주 선

시간은 멈춘 채

무너져 내리기만 한다

잠깐 동안

흔적도 없이 쏟아져 내리기만 했다

수직垂直 앞에 멈추는 심장

오, 참혹해라

나의 사랑도

찰나에 허물어지는 꿈 같으니

무너져 내리기 위해서

\>

수억 년 숨을 멈춰 온 빙원

나 그대를 깊이 받들기 위해

쉬지 않고 셔터를 누른다

시

　고등어 한 마리 프라이팬에 올라와 구워지기까지. 그것은 깊고 너른 바다 헤치며 등 푸른 꿈으로 성장했을 것. 한때는 상어의 공격 피해 수초 사이로 숨었을 것. 더러 죽어간 무리 가운데 살아남았을 것이다. 어느 날 어부의 그물에 걸려 얼음 속에 묻히고. 사람들 손에 들려 불 위에 누웠으니. 궁극에 이르러 노릇노릇 익는 순간까지 불길을 받아먹는다. 익혀지며 끝내 비린 생을 비우고 지우니. 그건 파도의 흔적을 남김없이 태워 버리는 일. 그런즉, 고등어의 최종 역은 불길 속. 물을 넘어 얼음을 타고 불 속에 도착해 마침내 바닷속 기억을 깡그리 비워 내는 것. 그리고 비로소 한 편의 시로 태어나는 것이다.

숨결

나뭇가지 흔들리는 걸 보고야 바람이 지나는 것 안다 했지. 그러니 우리 바람이 흔드는 손 볼 수 있다면 그대 돌아선 날의 뜨거운 눈물도 그리 아쉽지 않으리. 눈시울 붉히던 날 저린 시간도 다 사라지고. 삶의 온갖 숨결 생의 한 비탈에 핀 풀잎 고운 색으로 물들었으리. 바람 속으로 또 하나의 길은 달려가는 법이다.

우리 서로 알아 얻은 이승의 괴로움 모두 비우고. 봄이 오면 이 지상에 지천으로 꽃 피어나는 줄 그대 알라. 저 언덕에 수없이 번지는 풀빛도 다 이유 있는 것. 그대여. 저 문 날 날리는 꽃잎 모두 이 지상에 머물다 떠난 그대 눈빛이다. 그러니 지는 꽃잎 모두 땅으로 내려와 흙 속에 온전히 온기를 쟁인다.

* 마종기 「바람의 말」 贊.

눈사람

당신의 발자국 남은 거리에 눈이 날렸다

발자국 지워진 그 위로 별빛 쌓인다

살다 보면 쓸쓸한 마음 사이로도 새 길이 열리고

그 길 따라 당신과 하나가 되어 걷는다

당신은 벌써 내 안에 깊은 달빛으로 스며 있다

눈동자

강은 하늘 따라 길을 열어 왔다. 그의 몸은 야위었지만 그의 정신 언제나 살아 빛나고 있었다. 그의 발자국마다 눈물겨운 역사 딛고 세속의 나태를 개운히 떨쳐 버린 눈. 그 승화된 높은 의지로 화살처럼 빛나던 눈빛. 그 빛을 쏘며 산정 위로 성큼성큼 걸어가던 사람 있었다. 그 정신의 빛으로 솟구쳐 오르는 형형한 눈동자 있었다.

강은 말없이 그 사람 위해 순한 살결 위로 새 길 열어 줄 뿐. 강 위로 시간을 나르던 순간마다 붉고 뜨거운 피 감싸 안는다. 아침이 오고, 밤이 오고, 또 새벽이 왔다. 그의 눈물겨운 역사는 이승을 뚫어 버린다.

• 신동엽 「금강」 贊.

여행

　가장 먼 여행은 머리에서 가슴까지. 우리 몸 일부로 먼 등은 가장 가까우면서 깊은 곳. 우리 가슴 감싸는 등은 내 몸의 중심에 있으나 닿을 수 없다. 내 안에 너무나 많은 내가 서 있고. 내 안에 다른 나 너무 많이 숨 쉬고 있으니. 내 몸에도 스밀 수 없는 내가 지천인 것. 일생을 쉬지 않고 100킬로미터로 달려도 닿지 못할 곳. 나의 등은 신이 우리에게 준 오지奧地. 그건 오묘한 삶의 이법과 순리다. 그러니 낙타가 사막 위를 힘겹게 걸어도 다시 우리 속으로 돌아오듯. 그 고행으로 길 위에 우리 생도 깨우칠 수 있다.

　등을 향해 걷자. 온종일 땅을 딛고 다시 현관으로 돌아오는 발. 우리 잘 때야 비로소 바닥에 등을 대고 눕느니. 그렇게 우리 몸에는 수백 개 눈먼 내가 살고 있다.

<hr />

　* 서안나 「등」 贊.

통점

그것은
그대의 눈빛이 가닿는 곳마다
지상의 가장 슬픈 시간을 새긴다

겨울의 끝이 봄이듯,
균열의 상처에서
꽃들은 더욱더 붉다

샐비어의
꽃빛 저리도록 짙어진 까닭은
그 상처마다 어둠을 끌어당긴 흔적이다

안성 장날

함박으로 퍼붓던 눈발 잠시 그친 사이
발목 푹푹 빠지며 장 골목으로 걸어간다
상점 간판 위로 쌓인 눈덩이 피해
미닫이 창문을 드르륵 밀고 들어서면
유리창마다 서린 김이 뿌옇게 흐려 있다
탁자에 둘러앉은 사람들 뜨거운 컵 손으로 감싸고
김 솟아오르는 오뎅 국물 후후 불어 가며
따끈한 정종 한 잔씩 들이켠다
그쳤던 눈발 다시 쏟아지면
옛 장터 떠돌던 사내들 너스레 우렁우렁 살아나고
남사당패 꽹과리 징 소리도 눈발 속에 쏟아진다
외줄 타던 바우덕이 외침도 돌아와
우세두세 몰려선 장꾼들 한가운데로
무동 타기 접시돌리기로 흥을 돋운다
눈발 휘날려 창틀을 휘감기 시작한다
불콰한 얼굴에 얼큰함 안고 돌아오는 길
골목 끝에 오동나무 가지는 잔뜩 등짐을 지고
눈발 골목으로 붐비는 쇠 바람도 차갑지 않았다

마음

나는 한 번도 그대 문 앞에
가 본 일 없는데,

오늘도 그대는
내 잠긴 문 앞에 와

오래 머물다 가셨군요

잠들던 매화 가지에 불거진 사랑
우레처럼 부려 놓고 갔군요

북경 자전거

눈이 흩날렸다. 송이 눈이 아닌, 아주 고운 가루약. 눈은 소리 없이 부서져 어둠 위로 고인다.

저녁 식당에서 요리를 시키고 이과두주 한 잔을 따른다. 화주火酒의 열기가 잔을 넘어 식탁 위를 겹으로 감싼다.

식당 불빛이 새어 나가 밝히는 거리에 적당한 간격으로 차들은 줄을 잇는다. 인도 위로 간간이 사람들 발길 이어졌다.

붐비던 자전거, 밤이 되면 길 따라 돌아가고 더러는 어둠 속에 무겁게 묶여 있다. 굳게 입을 다문 나무도 몇 겹의 밤을 껴입고 딱딱한 어깨를 움츠렸다.

홍성紅星 이과두주 한 잔이 가슴속에 불을 지른다. 찌르르 내면으로 타고 번지는 불길. 한밤 깊은 터널 속으로 드리운 심지에 불을 당겼다.

북경의 마지막 밤

가로수는 두꺼운 어둠 한 짐 지고 섰다 제 어깨에 실린 눈 가루를 빌미로 휘청거린다

한순간 파동으로 하늘에 별 하나 흔들렸다

한층 단단한 밤 속으로 바람은 가파른 톱니를 들이댄다 어둠 파편을 피해 웅크린 사람들이 종종걸음으로 사라진다

밤은 겹겹 옷을 입고 벗는 반복일 뿐, 북경의 밤은 양파처럼 차올라 독한 시간을 잉태하며 내일을 기다린다

낯선 이역의 하룻밤을 보내 창밖 거리 내다본다

외곽 건물 아래 떨군 발자국은 누구의 뒷모습인가 일정한 보폭으로 찍고 온기가 고여 있다

그렇다, 세상은 내 생각을 벗어나지 않았다 우리 삶도 그러하리라

병목

우리는 매일 왜 이곳으로 몰려오는 것일까

사방이 내다보이는데도

나아갈 문이 없다

스스로 닫힌 가슴을 파면서 가야 한다

개미

구름을 파먹던 때의 기억이 사라지고

양파 속으로 스미던 빗물도 날아간 날

그대는 다만 나를 위해서 쉬지 않고

누군가의 기억 속을 파헤쳐 빛을 꺼내는구나

그림자 숲

그 숲속에 큰 그림자 하나 살았다 그는 숲의 마음을 잘 알아 눈빛으로 숲을 보듬었다 봄이면 먼저 깨어나 길을 열고 가을엔 낙엽 쓸어 하늘을 틔웠다 눈 내리는 날은 고즈넉한 길로 발자국 하나 남기지 않고 걸어갔다 그는 언제나 온 마음으로 살았기에 느리게 보이는 건 그림자일 뿐, 생각과 마음은 누구보다 먼저 가닿았다 봄날 피어난 어린잎은 그림자 마음, 가을의 물든 잎은 생각의 빛깔이었다 그때 바람이 숲을 맑게 쓸고 간다 그는 발자국 없이도 모든 숲을 걸어갔다 갈참나무 한 그루 품어 숲을 끌어안았다 그림자는 바람 소리로 숲을 비질하고 봄에는 깨어난 어린 새소리, 나뭇잎 질 때면 길 쓰는 소리가 숲을 가득 채웠다 빈 숲에 눈 내려 밝은 아침이 열리면 그림자 성큼성큼 숲길을 걸어갔으나 사람들은 발자국 보지 못했다 발자국은 그들 가슴에 훈장처럼 찍혀 있었기 때문이다

해 설

나무 되기 혹은 접화군생의 시학

이형권(문학평론가, 충남대 교수)

1

이 시집을 열면, 김완하 시인의 아름답고 고즈넉한 고향 풍경이 아스라이 펼쳐진다. 그의 고향은 경기도 안성시 공도읍 마정리, 그곳은 대전에서 경부고속도로를 타고 서울 방향으로 가다가 안성천을 지나 안성 톨게이트에 내리면 멀지 않은 곳에 자리를 잡고 있다. 안성은 차령산맥을 배경으로 안성천이 흐르고 안성평야가 펼쳐져 있어서 예로부터 산 좋고 물 맑은 곳으로 유명하다. 안성 사람들은 예로부터 안성맞춤이라는 말이 생겨날 정도로 신용을 으뜸으로 삼고 살아왔다. 박지원의 『허생전』에도 등장할 정도로 안성은 조선 시대만 해도 전국에서 손꼽히는 도시였지만, 최근 들어서는 수도권의 다른 지역에 비해 발전의 속도가 조금 늦은 편이다. 서울까지 자동차로 불과 50분 남짓이면 도착할 수 있는 곳이지만, 면 단위나 리 단위의 동네는 아직도 옛날의 농촌 분위기가 살아 있다. 시적 서정의 크기는 분명 도시화와 비례하는 것은 아닐 터, 안성은 급격한 도시화의 물결에서 덜 휩쓸리면서 오히려 시적 서정이 풍부한 곳으로 남아 있다. 이곳이 바로 김완하 시인의 고향이자 그의 시적 서정이 발원하는 원적지이다.

김완하 시인에게 고향은 한낱 배경에 머물지 않는다. 현대인을 일컬어 고향을 잃어버린 사람이라고 하는 말은 김완하 시인에게 어울리지 않는다. 그는 여전히 가슴 깊은 곳에 고향을 간직하고 살면서 그곳에서 포근하고 아름답고 풍요로운 시상을 길어 올린다.

엎드려 숙제를 하는 창가에 풍뎅이 한 마리 붕붕거렸다

호박 꽃잎마다 벌이 잉잉대며 날았다

담장에 매달린 조롱박에 고추잠자리 앉았다 떴다

길가 웅덩이에는 방개가 종종거렸다

둠벙에 잔잔히 이는 물살 주위를 구름이 에워쌌다

바람은 자주 강아지풀의 콧등을 훔치고 갔다

밤이 되면 목마른 별들이 쏟아져 내려와,

두레박으로 우물 길어 목을 축이고 올라갔다

등을 밝히면 담장의 나무들이 다가와 둘러앉았다

새벽까지 풀벌레들 책을 읽으며 꿈을 키웠다

우리 집은 언제나 빛으로 가득 차 있었다
ㅡ「마정리 집」전문

　유년기의 어느 가을날, 시골집의 방에 "엎드려 숙제를 하는" 시인의 주변에 펼쳐지는 자연의 향연이 정겹다. 한낮에는 "창가"의 "풍뎅이", "호박 꽃잎"의 "벌", "조롱박"의 "고추잠자리", "웅덩이"의 "방개", "둠벙"에 비친 "구름", "강아지풀"에 부는 "바람" 등이 어우러져 대자연을 구성한다. 해가 지면 "밤"의 "별들", "등" 주변의 "나무들", "풀벌레들" 소리 등이 "새벽까지" 이어진다. 온 자연이 하나가 되어 그려 내는 한 폭의 수채화 같은 "마정리 집"의 풍경이다. 이 풍경은 인간과 자연과 우주가 하나로 어우러지는 접화군생接化群生의 세계이다. "언제나 빛으로 가득 차 있었"던 그곳에서 시인은 "꿈을 키웠다"고 한다. 그 "꿈"은 분명 시인이 되어 세상을 순수하고 아름답게 하려는 것일 터, 그것은 지금까지 자연과 함께 "풀벌레"처럼 노래해

온 김완하 시인의 시적 생애와 일치한다. 그는 일평생 자연이 내어 준 "숙제"를 하는 마음으로 시를 써 왔다고 말할 수 있다.

김완하 시인에게 고향이 자연의 풍경으로만 존재하는 것은 아니다. 그곳은 자연의 빛을 닮은 사람들, 즉 어머니와 아버지와 더불어 도란도란 살아가는 곳이다. "어머니가 돌아오시자 집은 우련 빛으로 차올랐다"(「감자꽃」)는 빛의 장소이자, "종아리에 묻은 풀씨 쓸어내리며/ 아버지 베잠방이 주머니에서/ 샛노란 참외 두 개를 내놓으셨다"(「새벽의 꿈」)는 사랑의 장소이다. 이 아름다움의 장소는 단지 현실에서 도피하거나 현실을 망각하기 위한 회고적 대상이라는 의미를 넘어선다. 그것은 김완하 시인이 현실의 속악한 것들을 다 비워 내고서야 비로소 도달하는 순정한 시의 세계이다. 즉 "물을 넘어 얼음을 타고 불 속에 도착해 마침내 바닷속 기억을 깡그리 비워 내는 것. 그리고 비로소 한 편의 시로 태어나는 것"(「시」)이다. "바다"의 시련을 다 겪은 후에 몸을 사르는 한 마리 고등어처럼, 시인은 누군가에게 시라는 마음의 양식을 제공하기 위해 자신의 생애를 다 불태워야 하는 존재이다. 그 불타는 자리에 솟아나는 것은 "마정리 집"의 굴뚝에서 피어나던 푸근한 연기의 이미지와 다르지 않다.

2

　김완하 시인에게 주어진 일생의 "숙제"는 앞의 시에 도
드라진 대로 인간, 자연, 우주가 조화를 이루는 시를 쓰는
일이다. 이는 신라 시대의 대학자였던 최치원의 말을 빌
리면 접화군생接化群生과 유사하다. 최치원의『난랑비서鸞
郎碑序』에 나오는 이 말은 '군생과 접하면서 조화를 이룬다'
는 뜻이다. 이때 군생은 만물萬物과도 같은 것으로서 자연
뿐만 아니라 우주, 그리고 인간의 정신세계를 두루 포괄
하는 개념이다. 이것을 질 들뢰즈의 용어로 말하면 '되기'
와도 비슷하다. 근대적 인간의 처지에서 보면 자연은 일종
의 타자라고 할 수 있을 터, 시인은 이 타자를 품고 더 큰
시적 자아를 만들어 가는 존재이다. 김완하 시에서 자연
'되기'는 단순한 물아일체와는 색다른 의미를 부여할 수 있
다. 자연 '되기'는 자아 중심의 물아일체를 넘어 자연이 자
아에 스며드는 것까지를 포괄한다. 그의 시에서 자연 '되
기' 가운데 유난히 빈도가 높은 것은 나무 '되기'인데, 이런
맥락에서 시를 쓰는 일은 나무를 심어 그것과 하나가 되는
것과 다르지 않다.

　　목숨처럼 시와 사랑에 붙들린 사내. 봄날 담장 곁에 나
　무 한 그루 심어 두고 지성으로 제 사랑의 소원 빌던 사
　내 있었다. 그 산맥 같은 가슴 안에 언제나 시를 삼던 사
　내. 사내는 아침저녁 나무에 물을 주며 지성으로 빌고 빌

어, 그때마다 먼 산 뻐꾸기 소리 달려와 안기곤 했다. 사
내의 사랑이 전해져 꽃 피면 그때 사내 가슴엔 붉은 시가
솟으리라 했다.

—「가을 속으로 2」부분

여기서 "나무"는 시를 상징한다. "사내"는 이 시의 끝부
분에 "이가림 「석류」 贊."이라고 부연한 것으로 보아, 일
차적으로는 "이가림"이라는 특정한 시인을 지시하는 것이
다. 동시에 그의 시를 기리고(贊) 있으니 김완하 시인 자신
을 뜻한다고 읽어도 무방하다. 어쨌든 "사내"는 "시와 사
랑에 붙들린" 사람으로서 시를 향한 열정이 많은 시인이라
고 할 수 있다. 그는 시 쓰기가 "나무 한 그루 심어 두"고
"지성"을 다하여 가꾸면서, 나무에 꽃을 피우는 순간 "가
슴엔 붉은 시가 솟으리라"는 믿음이라 여긴다. 이것은 "사
내"와 "나무"와 "시"가 한데 어우러지는 모습이다. "사내"
가 "나무"가 되고, 그 "나무"가 "시"가 되고, 그 "시"가 다
시 "사내"가 되는 순환적 관계에 놓인다. 이것이 김완하 시
가 추구하는 바로 접화군생의 시학이다.

김완하는 나무의 말을 시로 옮기는 시인이다. 가령 "나
무들이 먼저 내게 말한다 가지마다 푸른 입술 열어서// 소
나무가 바늘을 세운다 물박달나무도 서둘러 수피樹皮를 벗
는다 저 바위가 앞서 내게 운을 뗀다// 새들이 저토록 애절
하게 목을 틔우는 이유, 그 까닭은// 말이 닿지 않는 우리
나무 하나 심자 못다 한 말 눈망울로 틔우자"(「개안開眼」)는

110

시에 그러한 속성이 단적으로 드러난다. 시인은 "나무들"의 말을 알아듣고 세상에 눈을 뜨고 있는데, 이는 "나무들"이 새싹을 틔워 세상과 만나는 일과 다르지 않다. 자연과 세상의 발견을 위한 시인의 "개안"을 이끄는 나무의 말은 인생, 사랑, 생명, 자연, 우주 등과 관련된다.

김완하의 시에서 나무는 이 시집뿐만 아니라 그동안 발표한 다른 시에서도 자주 얼굴을 내민다. 그의 시에서 인생과 동일시되는 나무 가운데 우선 주목할 것은 겨울나무다. 가령 "얼마나 힘차게 페달을 밟고 나가야/ 저 어둠은/ 빛이 되는 것일까/ 한 사내 두 어깨로/ 어둠의 가파른 파고를 가른다/ 운동장이 눈 마당처럼 환해진다"(「겨울나무」)에서 "겨울나무"는 시련을 온몸으로 받아 내면서 그것을 극복하는 인생을 표상한다. "사내"는 "어둠"의 인생을 살아온 주인공일 터, 그가 밤의 운동장에서 온몸으로 자전거를 타는 일은 인생의 시련을 승화하고 극복하기 위한 행위이다. 자전거 바퀴가 어둠을 가르며 앞으로 나아가듯이, 인생의 시련을 온몸으로 받아 낸 "사내"는 "빛"의 세계로 나간다. 그것은 마치 한겨울의 추위를 물리치면서 새봄으로 나아가는 "겨울나무"의 숭고한 이미지와 다르지 않다. 나무가 인생을 표상하는 것은 "느티나무 한 그림자는 마을 사람 전 생애와 일치했다"(「느티나무와 마을 사람」)와 같은 시구에서도 발견된다.

나무는 또한 인생에서 가장 소중한 것에 속하는 사랑을 표상한다. 가령 "어둠이 깊어 익어 갈수록/ 사위四圍의 밤이 너를 골목처럼 가두어도/ 네 언 손 한 모금 햇살 키우고 있다/ 내 사랑의 갈피마다 별이 숨는다"(『겨울나무 사랑』)라는 시구는 흥미롭다. 진실한 사랑은 "겨울나무"처럼 "어둠"의 시련을 극복하고, 결국에는 생명의 "햇살"과 "사랑"의 "별" 빛을 품는다는 것이다. 이러한 사랑의 이미지는 "나란히 선 두 그루 은행나무/ 서로 닿으려 팔을 뻗고 뻗어도/ 닿지 못하던 거리./ 비로소 하나 되어 누웠네/ 그늘 속에서 몸을 섞었네"(『한쪽 어깨를 밀어 주네』)라는 시구에서도 나타난다. "두 그루 은행나무"가 "그늘 속에서 몸을 섞었네"라는 시구는 나무들이 사랑의 "그늘" 속에서 하나가 되었다는 것을 의미한다. 다른 나무들과 함께 서로의 가지를 걸치면서 도란도란 함께 살아가는 나무들은 연리지連理枝 이미지가 떠오르게 한다.

그런데, 김완하 시에서 나무가 인생이나 사랑을 표상한다고 할 때, 그것은 인간세계를 넘어 대자연이나 우주의 영역으로 확장성을 지닌다. 종교학자인 엘리아데(Mircea Eliade)에 의하면, 나무는 전통적인 상징 가운데 가장 기본적인 것으로서 우주의 생명을 표상한다. 우주의 생명이란 조화, 성장, 증식, 생성, 재생, 지속적인 생명성, 불멸성 등을 두루 의미한다. 김완하의 시에서 나무는 이러한 의미를 표상하는 것으로 빈도 높게 등장한다.

　　누군가 나무에게 인격을 느끼면 그는 필시 경지에 오른 것. 분명히 자연의 심오한 영역에 닿은 것. 그는 나무가 숨

쉬는 하늘을 크게 끌어안고. 나무가 마시는 바다의 흐름을 깊이 간직할 수 있으니. 그 마음 곧 우주의 하늘에 가 닿은 것. 우리들 창가에 늘 한 그루 나무가 서 있어 한없이 밝은 삶을 견딘다. 둔한 우리 그를 보지 못하고 일생을 지운다. 그것을 찾으려 우리들 마음 닦고 눈을 씻으며 들떠 있다. 어느 저녁 우리 생의 서늘한 시간이 다가와 안길 때. 갈참나무 잎 하나 지상으로 내려와 마음자리 쓸어안는다. 그때 가장 빛나는 나무의 어깨. 그 어깨에 기대 자신의 이마를 묻어 본 이는 알 것이다. 이 세상 나무들은 제 중심에 세운 집, 응집하는 원이다.

—「나무집」전문

　이 시에서 "나무"는 "인격"이고 "자연"이고 "우주"이다. "나무에게 인격을 느끼면" "자연의 심오한 영역에 닿은 것"이라고 한다. "한 그루 나무"에서 "인격"을 느끼는 것은, 자연의 원리가 그러하듯이 어떠한 시련에 부화뇌동하지 않고 언제나 품격 있는 자세를 유지하기 때문이다. 아무리 거센 바람이 불어도 곧바로 원래의 자세로 돌아가는 나무의 형상은 "인격" 높은 사람의 모습을 표상한다. 나무가 "우리 생의 서늘한 시간"에는 "갈참나무 잎 하나 지상으로 내려"보내는 일도 그러하다. 나뭇잎을 땅에 떨어뜨리는 것은 차가운 시련에 처한 존재를 위로하기 위한 것이다. 이쯤 되면 나무는 인격자를 넘어 성자의 경지에 오른 존재이다. 이러한 나무가 도달한 인격과 자연의 경지는

"우주의 하늘에 가 닿은 것"과 다르지 않다고 하는 이유이다. 이 우주수宇宙樹로 인해 "세상 나무들은 제 중심에 세운 집"으로 간주되고, 그러한 세상에서 사는 일은 우주적 삶이라고 부를 수 있게 된다. 이것이 바로 나무의 상상력이 지닌 힘이다.

그런데, 김완하 시에서 나무가 우주적 존재로 형상화되는 것은 허공의 상상력을 경유하곤 한다. 예컨대 "허공을 열어 보니/ 나뭇잎이 쌓여 있다// 새들이 날아간 쪽으로/ 나뭇가지는/ 창을 연다"(「허공이 키우는 나무」)에서, 나무는 "허공"으로 표상된 우주적 공간과 함께 존재하는 생명이다. 지상의 모든 생명이 우주적 공간과 함께 존재한다는 것은 생태학적 사유와 연관된다. 아무리 작은 생명일지라도 지상에 존재하는 모든 것은 우주의 한 부분이고, 우주의 기운과 함께 존재하는 생명이다. 다른 시에서도 "새들이 쪼아 대다 날아간/ 가지 끝 좁은 허공이/ 더 넓은 허공을 쓸어안으면/ 보이지 않는 뿌리/ 허공의 땅에 길을 내고/ 푸른 잎새들 팔을 뻗어/ 하늘 깊숙이 손은 묻는다"(「허공은 나무들의 집」)라고 노래한다. 나무는 "허공"에 "보이지 않는 뿌리"를 드리우고 성장해 나가는 우주적 생명이다. 실제로 나무가 생명을 유지하기 위해서는 뿌리가 땅속으로 뻗어 나가는 것과 가지가 허공으로 뻗어 나가는 것을 모두 필요로 한다. 그것은 땅과 하늘, 물과 공기가 모두 생명의 근원이라는 말과 다르지 않다. 이렇듯 "허공의 땅"에 가지를 드리우는 나무의 생리를 통해 우주적 생명의 존재

원리를 드러내고 있다.

나무는 또한 영성을 간직한 존재이다. 영성은 신령한 품성을 의미하는 것일 터, 나무에 신령스러운 의미를 부여하는 일은 우리 전통 사회에서 흔히 있는 일이었다. 마을의 수호 신을 모시는 성황당 곁에는 신목神木으로 불리는 큰 나무가 있는 것이 일반적이다. 여염집에서는 마을의 입구나 집 근처의 큰 나무를 신성시 여겨 기도의 대상으로 삼기도 한다. 아래의 시에서는 나무를 그러한 토속적 영성보다 기독교적 영성과 관련짓고 있어서 흥미롭다.

무색, 무취, 무미, 무표정이 부리는 마력. 포근한 음성으로 부르던 어머니의 찬송가. 잠든 흙을 톡, 톡, 톡 일깨우는 손. 상처 난 대지 두드리는 손바닥. 감싸 안고 늦잠자는 아이 안아 일으키는 엄마가 등을 두드리고. 대지는 비로소 물의 혼을 빌려 온몸을 대청소하고 푸른 새 옷으로 갈아입고. 이제 막 동구 밖을 빠져나가는 아이들 새싹 예닐곱. 그들 따라 도랑물 소리도 조잘조잘대며 이어 가고. 도랑가에 서 있는 미루나무도 서서히 자리를 옮기고. 미루나무 아이들 조잘대는 소리 들으려 파릇파릇 귀를 밀어 올리고. 도랑물 소리 들으려 귀에 두 손을 가져다 모으고.
—「기도의 형상」 전문

이 시에 등장하는 "미루나무"는 생리적으로 많은 수분이 필요한 나무이다. 그래서 "미루나무"는 대개 천변이나 강

변, 혹은 "도랑물"이 흐르는 도로변과 같이 물이 많은 곳에서 서식한다. 시의 제목인 "기도의 형상"에서 주인공은 바로 그러한 미루나무이다. 하늘을 향해 쭉 뻗은 "미루나무"의 모습에서 두 손을 모으고 기도를 하는 인간의 순정한 모습을 발견한 것이다. 시의 제목인 "기도의 형상"은 결국 "미루나무"의 모습과 다르지 않다. 그런데 이 "기도의 형상"과 동일시되는 것은 "무색, 무취, 무미, 무표정"이나 "어머니의 찬송가"이다. 전자는 마음이 순수한 상태를 뜻하며 후자는 자식을 우선시하는 희생정신을 상징한다. 진정한 기도는 이러한 속성을 간직하는 것인데, 그것은 또한 싱그러운 생명력을 지닌다는 사실을 상기시킨다. 그 매개는 비가 온 뒤에 더욱 청아해지는 자연과 인간의 모습이다. 즉 비가 지나간 뒤 자연이 "푸른 새 옷으로 갈아입"는 모습과 "아이들 새싹 예닐곱"과 "도랑물"이 흐르는 풍경은 맑고 깨끗하다. 이들과 어우러진 "미루나무"는 인간 영혼을 구원하는 데 영험한 효력을 지닌 "기도의 형상"이다.

나무가 표상하는 또 하나의 의미는 희생과 포용의 정신이다. 마치 셸 실버스타인Shel Silverstein의 동화 『아낌없이 주는 나무』에 등장하는 나무와 같이, 자기의 열매와 가지와 줄기를 두고 마지막 그루터기마저 인간을 위해 헌신하는 존재를 표상한다.

내가 다섯 살 즈음 봄날 시오 리 이웃 마을로 마실을 갔
다 누나 등에 업혀 마을 벗어날 때 내가 사정없이 울었다

누나는 잠시 꾀를 내어 나에게 마을을 보이며 뒷걸음으로 천천히 걸었다 처음 몇 걸음 괜찮더니 이내 누나 옆구리 발로 걷어차며 몸부림쳤다 그 울음으로 들녘의 새들이 다 날아갔다 힘겹게 누나 친구 집에 도착하고, ㄱ자 초가집 마루에 앉아 놀았다 마루에 쏟아지던 햇살이 아직 기억 속에 환히 고여 있다 누나 친구네 과수원에서 솎았다는 복숭아, 아직 덜 익어 떫은 것을 먹었다 돌아올 때 몇 개 얻어 와 길가 가로수 아래서 형과 작은 누나에게 주었다 그때 형과 누나는 냇가에서 놀다 온다며 맨발의 이마에 땀이 송글송글 맺혔다. 아직 그늘 찾을 만큼 더운 날씨 아니었지만 미루나무 잎은 유난히 반짝이며 그늘 쏟아 놓았다 갑자기 신작로 지나는 트럭이 먼지를 퍼부었다 우리는 두 손으로 입과 코 가리고 한참 동안 먼지에 갇혔다. 그때 미루나무는 무슨 생각을 했는지 제 그늘을 풀어 우리 사 남매 꼭 끌어안았다. 먼지가 다 사라지도록 미루나무도 우리와 함께 먼지 속을 견디고 있었다

— 「그늘 속의 그늘」 전문

이 시는 "다섯 살 즈음"의 나무와 관련된 유년기 추억을 노래하고 있다. 추억의 내용은 "누나 등에 업혀"서 "이웃 마을로 마실"을 갔다가 돌아오는 길에서 있었던 일이다. 그때 "나"는 "미루나무 잎"이 "유난히 반짝이며 그늘 쏟아" 놓았던 풍경과 관련된 일들을 회억하고 있다. 그때 "나"와 "누나", 그리고 돌아오는 길에 만난 "형과 작은 누나"와 함

께 "신작로 지나는 트럭"을 만나 "먼지를" 뒤집어쓰고 말
았다. 시골길의 뙤약볕에서 어린 남매들이 겪은 이 사건
은 매우 당혹스럽지 않을 수 없었을 것이다. "두 손으로 입
과 코 가리고 한참 동안 먼지에 갇"혀 있었던 것이다. 그
런데 이 황당한 상황 속에서 "나"는 "미루나무"가 "제 그늘
을 풀어 우리 사 남매 꼭 끌어안았다"고 한다. 이때 나무
는 '아낌없이 주는 나무'의 이미지와 유사하다. 저 자신도
뙤약볕의 먼지 구덩이 속에서 시달리는 존재일 텐데, 오
히려 "우리 사 남매"를 위무하며 함께 "먼지" 속을 견디어
주었기 때문이다.

　　김완하 시에 등장하는 나무의 다양한 형상 가운데 자아
성찰의 매개 역할을 하는 것도 주목할 필요가 있다. 인간
은 나무가 지닌 그 푸르른 생명의 이미지를 통해 속화된 자
신을 되돌아보는 계기를 마련한다.

　　유등천 물가 버드나무와 출랑대는 냇물은 내게 옆자리
　를 내주지 않는다. 성큼 내려딛는 여름 햇살도 아는 체하
　지 않는다. 질경이, 쑥, 강아지풀, 씀바귀 옆에 뽕나무 사
　이 새들 찌릿찌릿 찌릭찌릭 저희끼리만 화답한다.

　　가까이 흰나비 한 마리 날았다. 나무, 풀, 꽃, 새, 물이
　한통속으로 어울려 짙은 초록을 펼친다.

　　풀들의 눈빛. 푸른 창을 벼려 내 눈을 찌른다. 산책 길

도 찔레 덤불 속으로 묻히고, 나는 낯선 초록들에 쫓겨 허
둥댄다.

—「낯선 초록 속으로」 전문

이 시에 등장하는 "버드나무"는 "냇물", "질경이, 쑥, 강
아지풀, 씀바귀 옆에 뽕나무 사이 새들", 그리고 "흰나비",
"나무, 풀, 꽃, 새, 물" 등과 어우러져 "초록"의 풍경을 "펼
친다". 이 "초록"의 파노라마는 다양한 자연물들이 어우러
져 만들어진 아름답고 순수한 생명 혹은 그러한 생태계의
모습이다. 그런데 문제는 "나"이다. "나"는 "풀들의 눈빛,
푸른 창을 벼려 내 눈을 찌른다"고 고백을 하고 있다. 순수
하고 아름다운 "초록"의 세계로부터 이처럼 소외되고 있다
는 것은 무슨 의미인가? 더구나 "나"가 가야 할 "산책 길"마
저도 "찔레 덤불 속으로 묻히고" 말았다고 한다. 하여 "나는
낯선 초록들에 쫓겨 허둥댄다"고 말할 수밖에 없다. 이때
"나"는 생태계의 건강한 세계에 어울리지 못하는 인간을
표상한다. 모든 자연이 어우러지는데 "나"만이 어우러지
지 못한다는 사실은, 소위 인류세人類世라고까지 불리는 우
리 시대의 인간에 관한 부정적 인식을 담고 있다. "나"는
이러한 인간 존재를 성찰하고 있다.

김완하의 시에서 인간이 자연과 하나가 되는 방식은 전
통적 물아일체에서 더 나아가 자연이 인간을 응시하는 데
까지 이른다. 예컨대 "단풍 든 숲길을 따라 나직이 나뭇잎
세며 걸어갔네// 나무들 한층 무거워진 어깨 벗어 놓고 지

그시 나를 바라보고 있었네// 길은 길대로 길다웠네"(『열다
섯 살』)에서, 자연이 인간인 "나"를 응시한다. "호수 공원
에 오면/ 나무와 사람이 자리를 바꾼다/ 나무가 우리를 신
기한 듯 쳐다본다"(『세종시 호수 공원』)라는 시구도 마찬가지
다. 이러한 응시는 들뢰즈가 말하는 '되기', 즉 인간을 포
함한 모든 것이 혼자가 아니라 다양한 관계망 속에서 존
재한다는 뜻을 간직한다. 나무는 단순히 식물의 한 종으
로서가 아니라 다른 자연물과의 관계 속에서 존재하는 것
이다. 이러한 특성은 나무 이외의 자연을 노래할 때도 마
찬가지이다.

> 바위에 길을 새기려
> 그는 새벽마다 집을 떠났다
> 발자국에 마음을 비워 담았다
>
> 매일 바위를 파 들어가며
> 연장에 실려 오는 소리 들릴 때
> 그는 하늘을 향해서
> 온 마음 모아 기도했다
>
> 어둠을 열고 돌 속으로 들어가
> 돌이 깨지는 아픔에 갇혀도
> 그는 끝내 굳게 쥔 연장을
> 내려놓지 않았다

연장은 팔이 되고
　　그의 다리가 되었다
　　바위 결을 따라 시간이 흘러,
　　석상에 피가 돌고 눈을 뜨자
　　그는 돌 속으로 스며들었다

　　　　　　　　　　　　　　　　—「석공」 전문

　이 시의 주인공인 "석공"은 "바위에 길을 새기려"는 사
람이다. 그가 개척하려는 "길"은 자신의 모든 것을 쏟아부
어 명품을 만들기 위한 것이다. "하늘을 향해서/ 온 마음
모아 기도했다"는 사실에서 명품을 향한 절박한 의지를 엿
볼 수 있다. 그 의지는 "어둠"의 시련 속에서도 "돌이 깨
지는 아픔" 속에서도 변하지 않는다. 어떤 상황에서도 "연
장을/ 내려놓지 않"는 그의 의지는 "연장은 팔이 되고/ 그
의 다리가 되었다"고 할 정도로 강렬한 것이다. 그 결과
"석상에 피가 돌고 눈을 뜨"는 기적이 발생하였다. 명품 중
의 명품인 "석상"이 완성된 것인데, 그러자 "그는 돌 속으
로 스며들었다"고 한다. 명품인 "석상"의 완성은 결국 "석
공"의 돌 되기를 통해 완성된 것이다. 어떤 대상에 "스며"
드는 것은 그 대상과 완전한 소통을 통해 하나가 되는 것
일 터, 이 시의 "석공"은 진정한 삶 혹은 진정한 예술의 길
이 무엇인지를 알려 주고 있다. 즉 이 시는 자연으로서의
"돌"이 "석공"의 인위적(artificial) 정성으로 "석상"이라는 예
술(art)로 승화되는 과정을 보여 준 것이다. 이때 "석공"의

121

"석상"은 시인의 시와 다르지 않을 터. 이 시는 부단히 명작을 추구해 온 김완하 시인의 시적 자의식을 드러낸 것으로 읽어도 무방하다.

스미는 일이 하나가 되는 일이라면, 사랑이라는 것도 사실은 사람과 사람 사이에 스미는 일이라고 말할 수 있다. 진정한 사랑은 나와 타자가 서로에게 스미는 일이 동시에 일어나는 하나의 사건이다.

> 당신의 발자국 남은 거리에 눈이 날렸다
>
> 발자국 지워진 그 위로 별빛 쌓인다
>
> 살다 보면 쓸쓸한 마음 사이로도 새 길이 열리고
>
> 그 길 따라 당신과 하나가 되어 걷는다
>
> 당신은 벌써 내 안에 깊은 달빛으로 스며 있다
> ─「눈사람」 전문

이 시의 "당신"은 "내"가 사랑하는 사람이다. 지금 "당신"은 "발자국 남"기고 어디론가 떠났고, "눈이 날"리는 차가운 "거리"에 나 홀로 남아 있다. 그러나 "발자국 지워진 그 위로" 사랑의 "별빛 쌓인다". 비록 현실에서는 멀어져 갔을지라도 "내" 마음속에서 여전히 사랑은 진행 중이다. "살다 보면 쓸쓸한 마음 사이로도 새 길이 열"린다는 것은 현재의 현실을 넘어서는 미래의 이상으로서의 사랑이 움튼다는 것이다. 이별 이후에 더 큰 사랑을 발견하는 것은 사랑의 아이러니이자 역설이다. "당신"은 분명히 더 큰 사랑을 위해 '나'를 떠났을 터이니, '나' 또한 그것을 이해하면서 당신이 간 "그 길 따라"간다고 하는 것이다. 이처럼 사랑의 역설에 도달한 '나'와 "당신"이 "하나가 되어" 간다는 것은 자연스럽다. 하여 "당신"은 마침내 "내 안에 깊은 달빛으로 스"민다고 말할 수 있는 것이다. '나'와 "당신"은 사랑에 관한 역설을 통해 더 큰 사랑 속에 온전한 하나가 된 셈이다.

역설적 인식을 통한 스밈의 시학은 김완하 시를 높고 깊고 넓게 하는 역할을 한다. 그것은 이를테면 "산의 높이가 비로소 들의 넓이와 만나 깊어지는 정취. 들녘의 넓이와 깊이가 어울려 높게 익어 가고 있었다"(「들」)라는 시구와 상통한다. 이는 자연 원리의 근간인 생성과 소멸, 빛과 어둠의 관계에서도 마찬가지다.

　가을도 자못 깊었다. 산골짜기 연못에 구름이 깊듯. 가을이 다가올 겨울 숲의 첨예한 순간을 예감하는 때. 풀과 나무와 숲은 몸을 움츠리고 제 마음속 사업에 골똘한 때. 풀벌레는 소리 속으로 떠나며 발자국을 지운다. 화려한 색으로 물든 숲과 갈대는 마른 생의 정점을 극명히 보여주는 것. 자연은 한 단계 도약을 위해 조락과 소멸 넘어 무

한히 새로운 장을 겪는다. 갈참나무는 순간의 한계를 넘
으려 빛을 긷는다. 가장 깊은 곳에서 퍼 올린 빛. 그건 제
일 먼 거리 어둠 위로 솟아올라 별이 되었다.

—「하늘 우물」 전문

이 시에서 "가을"은 하늘이 높아지고 생각은 풍요로워지
는 계절이다. 시인은 "하늘"을 "우물"이라 했으니, "하늘"
역시 깊어지는 것이라 할 수 있다. '깊은 가을'이라는 표현
이 자연스러운 이유이다. 가을이 깊어지는 이유는 모든 생
명이 "생의 정점"에 이르러 "조락과 소멸"을 맞이하기 때
문이다. "가을"은 여름과 겨울, 삶과 죽음이 공존하는 계
절로서 모든 생명이 "무한히 새로운 장을 겪는" 계절이다.
이 역설의 계절에 "갈참나무는 순간의 한계를 넘으려 빛을
긷는다"고 한다. "가을"의 "갈참나무"가 잎사귀를 다 떨구
어 내면서 온몸으로 빛을 맞이하듯이, 자연은 죽음을 통해
새 생명을 준비하는 것이다. 이 역설은 "가장 깊은 곳에서
퍼 올린 빛"이 가장 높은 곳의 빛인 "별"이 되는 것과 다르
지 않다. 생명과 자연은 이처럼 어두울수록 빛나는 "별"빛
처럼 역설의 원리로 존재한다. 세상사도 마찬가지다. 하
여 "이 세상 빛나는 것들은 다/ 어둠의 철벽 속을 뚫고 가
는 몸부림/ 어둠을 삼키고 나온 상처가 있다"(「물소리」)라고
말할 수 있는 것이다.

3

　김완하의 시는 깊은 서정의 뿌리와 넓은 상상의 가지를 간직한 한 그루 나무와 같다. 그 뿌리는 고향 마정리의 자연과 유년기의 추억으로 뻗어 있고, 그 가지는 자유의 허공을 넘어 우주로까지 뻗쳐 있다. 한 그루 나무에서 발원한 그의 시심은 다양한 사물, 자연, 인간과 하나 되기를 통해 상상의 진폭을 넓히고 있다. 나무는 순정한 자연, 우주적 존재, 건강한 생명, 진솔한 인생, 포용과 희생 정신, 기도의 마음, 자아 성찰 등을 두루 표상한다. 그런데 요즈음 그의 시 나무는 미국으로까지 뻗어 가고 있다. 그는 미국의 한인 시인들과 교류하면서 그들의 창작 활동을 돕는 일을 열성적으로 실천하고 있다. 이것은 그의 시가 그동안 추구해 온 원심적 상상과 관련하여 아주 자연스러운 현상이다.

　열심히 시를 쓰던 20대 후반 몇 년 동안 나는 나팔꽃 씨를 받아 매년 30명에게 20알씩 나누어 주었지. 그들도 다음 해에 씨앗을 받아 30명에게 20알씩 나누어 주라 했지. 몇 년 지나지 않아 한반도는 온통 나팔꽃으로 활짝 피어나리라는 기대감이 아침마다 치렁치렁 꽃 피어 창을 덮었다

　그 나팔꽃들 어디까지 뻗어 갔을까

캘리포니아에 가서 보았다

2009년 여름 버클리대에 가서 1년간 월넛크릭에 세 들
어 살며,

가족들과 세이프웨이에서 바나나와 빵과 우유 사 가지
고 올 때, 길가 전신주를 맹렬하게 감으며 타고 오르던 나
팔꽃.

희망 속에 씨를 묻는 것만큼 영원한 사랑은 없다
—「나팔꽃의 꿈」 전문

시인의 꿈은 아직 진행형이다. 이 시에 의하면 시인은
젊은 시절 "나팔꽃 씨"의 전파자였다. "매년 30명에게 20알
씩 나누어 주"면서 그 "30명에게" 내년에 씨앗을 받아 다시
다른 사람에게 나누어 주라고 부탁을 했던 사실은 흥미롭
다. 더구나 그런 일이 몇 해 반복되면 "한반도는 온통 나팔
꽃으로 활짝 피어나리라는 기대감"을 가졌다는 사실은 더
흥미롭다. 다소 엉뚱하지만, 서정적인 너무도 서정적인
상상이 아닐 수 없다. "나팔꽃"의 꽃말은 기쁜 소식이라고
하는데, 시인은 "한반도"가 기쁜 소식으로 가득 차기를 소
망했다고 할 수 있다. 그 소식의 구체적인 세목은 이 시의
마지막 시구에 의하면 "영원한 사랑"이다. 씨를 뿌리면 꽃
이 피고, 다시 씨를 받아 꽃을 피우는 일의 반복, 그것은
"나팔꽃"의 영원한 개화를 가능케 한다는 것이다. 그런데
이러한 청년기의 "희망"을 "캘리포니아에 가서 보았다"고

한다. "세이프웨이"의 "길가 전신주"에서 "나팔꽃"을 발견하고 수십 년 전의 꿈이 되살아난 것이다. 시인의 일평생은 시의 "나팔꽃"을 피워 온 일과 다르지 않을 터, 그것은 어떠한 절망적 상황 속에서도 "희망 속에 씨를 묻"는 일이었던 셈이다. 하여 젊은 시절 "나팔꽃 씨"를 전파하던 아름다운 "희망"의 시심이 오늘의 "캘리포니아"까지 이르렀다고 할 수 있다.

김완하 시인이 드넓은 미국 땅을 주유하면서 전파하려는 것은 "나팔꽃 씨"를 나누는 마음과 다르지 않다. "그건 많이 가질수록 좋고, / 누구에게도 기쁨을 줄 수 있는 것"(『시의 마음』)과 같은 시심과 다르지 않다. 그러나 시의 마음은 "나팔꽃"의 운명과 같아서 화려한 개화의 시간은 길지 않은 것. 다시 개화의 기쁨을 맞이하기 위해서는 한겨울의 시련을 거쳐서 봄의 기간으로 나아가야 한다. "이 세상 꽃들은 다 절벽을 향해 투신하여 태어난 목숨"이어서 "오늘 아침도 우리 창가에 수북 수북이 꽃잎 떨어지고. 나팔꽃 지친 어깨를 추스르며 서둘러 떠난다. 다시 허공 속으로 길을 후벼"(『벼랑의 꿈』) 파는 존재이다. 꽃을 피우는 일 혹은 시를 쓰는 일, 그것은 언제나 절대적인 기의에 도달할 수 없는 영원한 기표의 미끄러짐이라는 운명을 간직한다. 하여 시인은 끝없이 길을 가야만 하는 존재이다. 시인의 노마드는 아래의 시에 등장하는 "지상의 길" 너머를 향해 나아가고 있다. 마정리의 나무가 오늘도 무한 허공을 향해 그 상상의 가지를 뻗어 나가고 있듯이.

가로수 허리를 치는 눈

그래 여기까지

걸어온 길은 길이 아니다

한 줌 불빛으로

지상의 길을 비우고

다시 길이다

한 줌의 어둠이

지상의 길을 쓸고 있다

—「저녁 눈」 전문